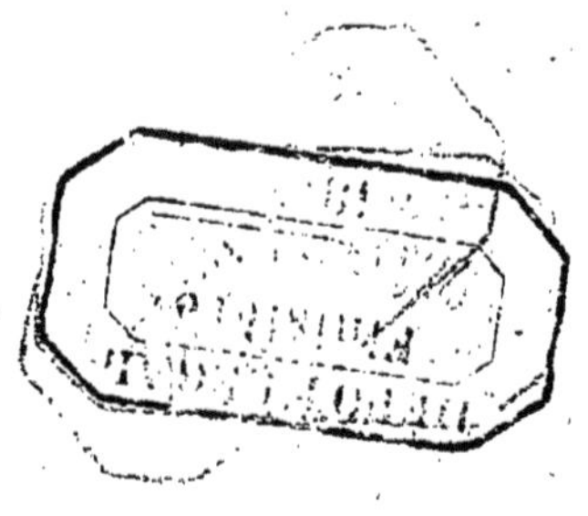

LA REINE-BLANCHE

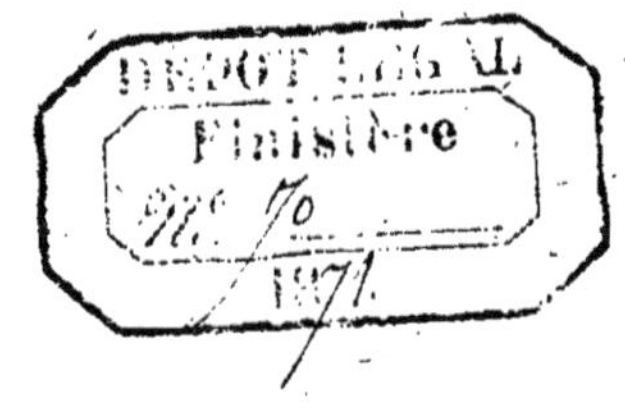

LA
REINE-BLANCHE

MONSIEUR MERCEREAU

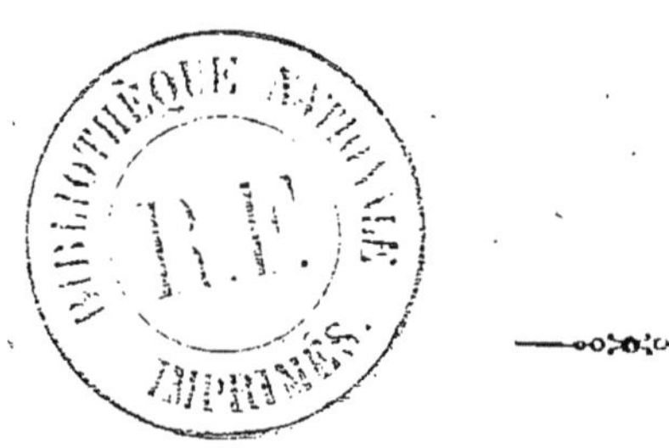

BREST

IMP. DE J. B. LEFOURNIER AÎNÉ, GRAND'RUE, 86

1871

LA

REINE-BLANCHE[1]

——o◦o⦂o◦o——

MONSIEUR MERCEREAU

Au mois de Novembre 1870, après deux croisières dans la Mer du Nord, la corvette cuirassée la *Reine-*

----

[1] L'état-major de la *Reine-Blanche* était ainsi composé :

MM. Tricault, Capitaine de vaisseau.

Hardy, Capitaine de frégate.

Le Bourhis, Aumônier.

Villers, Lieutenant de vaisseau.

Mangeart, —

Cantaloube, —

Blot, —

Mercereau, —

Sablé, Médecin de première classe.

Jaugeon, Médecin de seconde classe.

Dufaur, Officier d'administration.

Girard, Mécanicien principal.

1

Blanche rentrait à Lorient pour y désarmer. Depuis la défaite de Sedan et la Révolution de Septembre qui en fut la suite, l'horizon politique ne s'était pas éclairci : Metz avait capitulé, et les troupes de Bazaine étaient allées grossir le nombre déjà si grand de nos pauvres soldats, prisonniers en Allemagne. De cette magnifique armée dont nous étions si fiers, au commencement de Juillet, et que nous regardions comme invincible, il ne restait que des débris épars, et le corps que le général Vinoy était parvenu à soustraire au désastre, dans lequel s'étaient englouties notre fortune militaire et celle de l'Empire lui-même. Monsieur Gambetta venait de prendre à Tours une haute direction, qui allait devenir une véritable dictature ; déjà l'avocat Jules Favre avait rendu inévitable la continuation d'une guerre désespérée, grâce à la phrase qui restera célèbre : « Ni un pouce de territoire, ni une pierre de nos forteresses. » L'avocat Gambetta se chargeait d'organiser la victoire et, d'un cœur aussi léger que Monsieur Ollivier, se faisait le Carnot de la troisième République. Au milieu de malheurs sans nom, que l'on attribuait peut-être trop facilement à la désorganisation et à l'indiscipline de notre armée, tristes résultats des flatteries que lui avait prodiguées le régime impérial, alors que tout ce qui faisait notre force semblait s'effondrer, restait un corps que la bonne tenue, la valeur des officiers, la discipline, le courage, la fidélité des hommes recommandaient à l'estime et à l'affection du pays : c'était la marine. Ce fut le moment choisi par deux lieutenants de vaisseau pour publier contre leurs chefs des dénonciations encore plus insensées que coupables, et alors parurent dans toutes les feuilles dites républicaines les lettres de MM. Mercereau et Mangeart. Avec quel empressement tous les démolisseurs de la presse périodique s'emparèrent de cette affaire de la *Reine-Blanche* ! Quelle aubaine ! Comment, la France croyait qu'il existait un corps honnête et respectable ! Quelle erreur funeste et quel bonheur de pouvoir jeter de la boue sur cette marine peu connue, mais haïe d'instinct par tous les coryphées de la démocratie, le *Phare de la Loire* en tête.

Je ne parlerai de Monsieur Mangeart que pour exprimer le regret d'avoir vu un officier honorable et estimé s'associer avec Monsieur Mercereau pour commettre une méchante action, et cette alliance me surprend d'autant plus, que je sais positivement qu'il n'avait pour celui dont il s'est fait le complice qu'une estime et une sympathie médiocres.

Voici les lettres de Monsieur Mercereau que j'emprunte, la première au journal de Monsieur Mangin et la seconde au *Progrès du Var*, de Toulon :

QUE FAIT NOTRE MARINE [2] ?

« Lorient, 13 Novembre 1870.

» Monsieur,

» Je vous serai reconnaissant de donner à ma lettre
» la plus grande publicité.

» On ne connaît pas assez l'inertie, le mauvais vou-
» loir, pour ne pas dire plus, de quelques officiers de
» l'ancien régime [3]. Cela tient à ce que personne ne

----

(2) Les Chambres de commerce allemandes et le chancelier du nouvel
empire se sont chargés de répondre à cette question, en évaluant à 700
millions le dommage causé au commerce germanique par nos blocus
proclamés si inefficaces et nos croisières inutiles.

. (3) Que signifie cette expression d'*ancien régime* ? Veut-elle dire que
ces officiers ne sont pas républicains ? — M. Mercereau n'en sait rien.
— Veut-elle dire qu'ils sont impérialistes ? — Il n'en sait pas davan-
tage. Ce qu'il sait, c'est que le jour où nous avons appris la révolution
de septembre, ils n'ont pas éprouvé comme lui le besoin d'aller serrer
la main de leurs inférieurs et de fraterniser avec eux sous le coup de
cette bonne nouvelle.
Je n'oublierai jamais l'impression pénible que j'ai ressentie de la
scène suivante, qui eut lieu à Christiansand. — La terrible nouvelle de
la capitulation de Sedan et de la chûte de l'Empire venait d'être appor-
tée par le télégraphe. J'écoutais plein d'une profonde tristesse la tra-
duction de la dépêche que me faisait le consul ; de bons et sympathiques
Norwégiens qui m'entouraient se montraient aussi émus que moi, je
cherchais avec désespoir à sonder le gouffre vers lequel se précipitait

» veut attacher le grelot ; passez-moi la vulgarité de
» l'expression, elle rend ma pensée.

» Tel qui proteste à huis-clos, n'ose rien dire ouver-
» tement ; c'est une position à garder, la crainte de
» s'attirer des inimitiés puissantes et aussi la crainte
» plus légitime de voir mal interpréter le mobile qui
» fait agir.

» Toujours des considérations personnelles ; nul
» souci de la chose publique. Et c'est là-dessus que
» spéculent ceux qui manquent à leurs devoirs ; ils se

notre malheureux pays, lorsque je vois sortir du bureau M. Mercereau,
qui s'avance vers le maître mécanicien, lui tend la main, serre la sienne
avec énergie et lui annonce, d'un air rayonnant et triomphal, que la
république est proclamée. Je fus indigné d'une telle attitude et rien ne
saurait peindre la stupéfaction de ces braves étrangers en voyant que,
dans une telle situation, un Français pût trouver motif à réjouissance.
Pauvre fou, — pensai-je alors ; mais deux mois plus tard j'appris, à mes
dépens, que je m'étais trompé en ne croyant avoir affaire qu'à un fou.
L'homme qui posa dès-lors pour le républicain austère et que ses com-
pagnons du carré *(je ne dis pas ses camarades)* appelaient le petit Saint-
Just, était autre chose encore.

Le lendemain de ce jour, les allures de M. Mercereau à mon égard
prirent un caractère tellement agressif que je dus lui infliger des arrêts,
et malgré sa mansuétude inaltérable, le commandant Tricault fut obli-
gé d'approuver. Que de fois m'avait-il recommandé une patience dont
je ne me suis jamais départi, vis-à-vis de cet officier hargneux et indis-
cipliné : *C'est un malade,* disait-il, *traitons-le comme tel ; nous sommes
obligés à plus de ménagements envers lui qu'envers d'autres.* On voit comment il fut récompensé de sa bienveillance poussée jusqu'à la faiblesse.

» disent : personne n'osera se charger du rôle de
» dénonciateur.

» Il semble que ces chefs coupables veulent mesurer
» l'abaissement des caractères.

» Mais il faut que ce scandale cesse ; il est temps que
» les infimes considérations de personnes le cèdent à
» une considération d'ordre élevé, à l'intérêt général.

» Se taire dans les circonstances actuelles, c'est être
» complice. Des officiers, dignes de ce nom, n'ayant
» point abdiqué toute initiative, ne peuvent, sans pro-
» tester, se laisser condamner à une inutilité absolue.

» Ainsi que nombre de mes collègues, j'ai été témoin
» de faits qui prouvent chez leurs auteurs une incurie
» complète..... ou le sourd dessein d'entraver la dé-
» fense.

» Vous n'êtes point d'ailleurs sans avoir lu les pro-
» testations des officiers que l'on oblige à assister,
» l'épée au fourreau, à la ruine de leur pays.

» Je ne récriminerai point inconsidérément avec des
» gens qui s'entendent comme larrons en foire[4] :
» il ne faut s'avancer que preuves en main, donnant
» ainsi un grand poids à ses paroles.

---

(4) Quel style et comme il est bien à la hauteur des sentiments de
l'écrivain !

» Je ne juge point dangereux des énergumènes
» comme cet officier supérieur, à qui j'ai entendu dire
» sur le pont : La défense est absurde, idiote (*sic*), il
» faut fusiller (*sic*) les membres du gouvernement de
» la défense. La franchise d'un pareil énergumène,
» qui a le singulier courage de sa lâcheté, le rend
» moins odieux et plus grotesque. Que son nom reste
» enseveli sous le mépris des officiers et des matelots
» qui l'ont entendu. Ceux qui sont dangereux, ce sont
» les hommes plus calmes, plus diplomates, que des
» services réels antérieurs ont fait connaître et qui,
» manquant effrontément [5] à tous leurs devoirs ,
» cherchent à capter leurs officiers par des manières
» doucereuses.

(5) Ce qui est odieux et grotesque en tout, ceci, c'est qu'un jeune homme sans valeur et presque sans services ose employer de semblables expressions quand il parle d'un officier qui a gagné ses épaulettes de capitaine de frégate aux batteries devant Sébastopol, celles de capitaine de vaisseau à l'attaque des forts du Peiho, où il a été magnifique, qui a commandé avec la plus grande distinction les divisions navales de Bourbon et de la Manche, qui a été membre du conseil d'amirauté, que respectent et affectionnent tous les honnêtes gens qui ont eu l'honneur de servir sous ses ordres.

Certainement on peut discuter la manière dont il avait compris la mission qu'il avait à remplir (à condition de la connaître toutefois); mais il n'est permis à personne, et à un Monsieur Mercereau moins qu'à tout autre, de mettre en doute la bonne foi, la conscience et le sentiment du devoir chez un homme comme Monsieur Tricault.

» J'accuse le capitaine de vaisseau Tricault, com-
» mandant de la *Reine-Blanche* (corvette cuirassée),
» d'avoir donné l'exemple de l'indiscipline[6] en n'ac-
» complissant pas sa mission. Que l'on juge : envoyé
» à deux reprises en croisière dans la mer du Nord,
» pour nuire au commerce ennemi[7] il n'a pas fait rai-
» sonner un seul bâtiment, n'a pas capturé deux
» navires de commerce prussiens qui sont passés près
» de lui pavillon haut. Dans sa seconde croisière qu'il

---

(6) Et comment M. Mercereau qualifie-t-il sa propre conduite, lorsque non seulement dans le carré, mais sur le gaillard arrière et dans les embarcations, il se livrait publiquement à des appréciations aussi mal-veillantes que déplacées des actes du commandant ?

(7) Tous les journaux qui ont reproduit cette lettre ont accepté sans discussion les assertions du dénonciateur ; ils se sont même empressés de le proclamer un officier distingué. M. Mercereau a pu supposer que la seule mission de la *Reine-Blanche* fût de nuire au commerce ennemi, mais il n'y a pas encore de règlement qui enjoigne aux commandants de communiquer aux officiers de leur état-major les instructions aux-quelles ils doivent se conformer ; j'ai lu celles du commandant Tricault ; elles étaient multiples (la *Reine-Blanche* avait beaucoup de choses à sur-veiller dans sa station), et je pense qu'il pouvait considérer la chasse aux navires de commerce comme étant l'affaire des avisos et non la sienne. Les corvettes cuirassées ne sont et ne peuvent être que des navires de combat. — J'ajouterai même qu'elles sont de très-mauvais navires de combat. — Un officier supérieur, qui a été membre du Conseil des travaux, auquel je demandais son avis, les considère comme des bâti-ments faits pour déshonorer leur commandant.

» a abrégée le plus possible, il n'a point fait raisonner
» un navire à vapeur suspect, qui a hissé le pavillon
» hollandais. De l'avis de tous les officiers du bord, ce
» navire était un croiseur prussien. Le commandant,
» en ce moment sur la passerelle, entendait les
» réflexions de ses officiers, mais il faisait la sourde
» oreille [8].

» Cette seconde croisière a consisté, comme la pre-
» mière, à faire des ronds dans l'eau. Je cite là une

----

(8) M. Mercereau, qui blâme la brièveté de la seconde croisière, ne
dit pas qu'elle a été expliquée par la nécessité de remédier à des dé-
fectuosités sérieuses, reconnues dans l'installation de l'une des pièces
de tourelles, et qu'il y a, à ce sujet, un procès-verbal signé par lui.
Ce fait ne donne-t-il pas la mesure de sa bonne foi ? -

Quant aux navires qu'il reproche à son commandant de n'avoir pas
capturés, le premier passait entre la *Reine-Blanche* et le port de Douvres,
à un mille de terre environ. M. Mercereau doit savoir qu'on ne pouvait
l'arrêter dans les eaux anglaises. Au reste, M. Mangeart, qui était de
quart, ne fit pas même avertir le commandant, absent du pont. Le second
était un pauvre brick sur lest qui, probablement (et pour moi certainement), avait un sauf conduit. Si j'avais pensé qu'il pût être de bonne
prise, je ne me serais jamais consolé, car le commandement en aurait
été donné à M. Mercereau dont le départ n'eût été pour personne l'objet
d'un regret.

Le troisième était un aviso sous pavillon hollandais, il était aussi
dans les eaux anglaises, à petite distance du bateau-feu de North-Goodwin,
et M. Tricault n'a pas eu besoin de la haute expérience de M. Mercereau
pour lui trouver des allures suspectes. En arrivant à Cherbourg, il le
signala dans son rapport au préfet maritime.

2

» expression du commandant. Il y a d'autres faits à
» charge ; ce n'est point ici le lieu de détailler par le
» menu.

» Ce sera affaire au Conseil d'enquête. Et mainte-
» nant que ceux qui ont maintes fois protesté *sotto
» voce* aient le courage de leur opinion.

» Agréez, etc.

» HENRY MERCEREAU,

» Lieutenant de Vaisseau de la *Reine-Blanche.* »

DEUXIÈME LETTRE.

« Brest, 24 novembre 1870.

» Monsieur,

» La lettre suivante vient de m'être communiquée » officiellement par l'autorité maritime du port de » Brest :

» Tours, le 21 novembre 1870.

» Monsieur le Préfet,

» Je vous annonce que, par une décision du gouver- » nement de la défense nationale, en date de ce jour, » rendue sur ma proposition, M. le lieutenant de vais- » seau Mercereau (Henri-Edouard), de l'arrondisse- » ment de Brest, a été placé dans la position de non- » activité par retrait d'emploi pour avoir discuté et » blâmé, par la voie de la presse, les ordres et la » conduite du commandant du bâtiment sur lequel il » était embarqué. (Application de l'article 7 de la loi » du 19 mars 1834.)

» Vous voudrez bien notifier, sans retard, cette dis- » position à M. le lieutenant de vaisseau Mercereau, » et me faire connaître la date de la notification ainsi » que le lieu où se retirera cet officier.

» FOURICHON. »

» En vertu de l'article 7, aller pourrir dans un cul
» de basse-fosse pour proclamation de la vérité avec
» récidive, j'y souscrirais volontiers, s'il en devait ré-
» sulter quelque bien pour la cause commune ; mais je
» ne serais plus là pour dire : L'enquête, s'il vous plaît,
» n'oubliez pas l'enquête ; et cela ferait trop de plaisir à
» MM. Tricàult et Hardy [9].

» M. Hardy, c'est le capitaine de frégate, second de
» la *Reine-Blanche,* qui voulait faire fusiller les mem-
» bres du gouvernement de la défense et qui traitait
» d'*absurde,* d'*idiote,* la résistance aux Prussiens.
» (Je parle à l'imparfait, parce que j'ignore s'il est
» toujours dans les mêmes idées [10].)

---

(9) M. Tricault a demandé une enquête au ministre dès que ces accu-
sations parurent et j'ai mis toute l'insistance possible à la demander
moi-même, lorsque j'ai appris que M. Mercereau était rappelé à l'activité.
J'ai été en instances auprès du ministère pendant trois mois.

(10) Mon Dieu non, je n'ai changé d'idées ni alors, ni plus tard, et ces
idées les voici : C'est que des manifestations, des discours, des décrets,
des cris de Vive la République et tous les plagiats de 92 étaient impuis-
sants pour chasser de France les innombrables armées allemandes qui
nous foulaient aux pieds : c'est que le gouvernement de la défense
nationale nous menait tout droit à une ruine complète et *à la guerre
civile* et qu'il méritera dans l'histoire le nom de gouvernement de la
ruine nationale; c'est qu'après Sedan nous pouvions faire la paix, en
cédant Strasbourg, facile à reprendre plus tard, en rasant les fortifications
de Metz et en payant au plus un milliard.

» Donc, plus de blâme, plus de discussion, c'est
» entendu. Messeigneurs et maîtres ne me défendront
» point toutefois de causer de choses et d'autres avec
» mes amis et connaissances.

Plût à Dieu que tout le monde eût possédé alors le singulier courage ou la lâcheté de dire ce qu'il pensait de la situation. Mais nous devions avoir, en moins de deux mois, ce triste spectacle d'une nation qui, ne voulant pas la guerre en juillet, se laissait persuader par son gouvernement qu'elle la déclarait, avec le plus vif enthousiasme; qui, en septembre, se laissait entraîner par des rhéteurs à poursuivre une lutte sans espoir, tout en voyant l'abîme vers lequel ils la conduisaient.

Mais je n'ai jamais dit que la résistance aux Prussiens fût absurde. — J'ai dit qu'il était absurde de continuer une guerre dont l'issue serait fatalement la défaite. — J'ai dit que quand on ne pouvait pas faire la guerre avec succès, il fallait s'arrêter et traiter. — J'ai dit que, pour cette fois, la partie était perdue, mais que si la paix entraînait une cession de territoire, ce serait à recommencer et j'ajoutais : nous ne sommes pas aussi bas qu'était la Prusse après Iéna et nous voyons ce qu'elle est aujourd'hui. — Nous connaissons les moyens qu'elle a employés, nous les emploierons à notre tour.

Quant à l'accusation d'avoir proposé de fusiller les membres du gouvernement du 4 septembre, elle n'est pas sérieuse. Je discutais quelquefois avec un excellent homme, fort comme un hercule et doux comme un agneau, qui avait des opinions fort exaltées, voyait des traîtres partout et voulait qu'on les fusillât tous; je lui répondis un jour qu'il fallait fusiller les membres du gouvernement de la défense, car c'étaient de véritables traîtres, qui trompaient la France et qui la perdraient. Hélas ! l'événement a dépassé de beaucoup mes prévisions, si pessimiste que je fusse déjà à cette période de nos malheurs.

» Ainsi je puis faire observer que, la loi étant en
» principe la même pour tout le monde, les officiers
» de Metz qui ont discuté la conduite de Bazaine vont
» tous être mis en retrait d'emploi, en vertu de l'ar-
» ticle 6 ; d'autant plus que Bazaine n'est pas là pour
» se défendre, circonstance aggravante du délit prévu
» par ledit article 6.

» Cela va faire un *fort lot* d'officiers inoccupés et
» dans les *conjectures* actuelles, cela me semble fâ-
» cheux.

» Cependant, si cette opinion que je formule devait
» attirer quelque nouvelle calamité sur moi ou sur ma
» famille, je consentirais à la retirer [11].

» Peut-être me sera-t-il également permis, par ce
» temps de liberté de conscience, de confesser un
» article de ma foi ; le voici : entre la discipline et le
» devoir une âme droite ne saurait hésiter [12].

---

(11) On sait qu'en fait de calamités, la seule qui échut à M. Mercereau
fut d'être nommé chef d'escadron dans je ne sais quelle artillerie fantai-
siste inventée par M. Gambetta. C'est trop juste ; sous le gouvernement
des purs républicains, les bons citoyens doivent dénoncer les mauvais et
recevoir une récompense. Seulement, je doute que, par de pareils pro-
cédés, on arrive à faire revivre cette discipline que l'on regarde
comme indispensable pour assurer le succès des armées.

(12) M. Mercereau ne fera croire à personne que le sentiment du devoir
ait été son seul mobile. Je sais parfaitement, quant à moi, qu'il a voulu

» La discipline a du bon… pas trop n'en faut cepen-
» dant (voir l'*Histoire de France*, capitulations de
» Sedan et de Metz ;) la discipline varie avec les épo-
» ques et les latitudes ; le devoir est un [13].

» Il faut m'excuser si mes pensées sont peu ou point
» cousues.

» Outre que je ne possède pas l'art des transitions,
» je souffre physiquement d'une névralgie, ravivée par
» la douleur morale.

» Quelques officiers commencent à désapprouver ma
» conduite qu'ils avait chaudement approuvée.

» Le coup de pied de ces eunuques est une grande
humiliation et une grande douleur [14].

---

me faire payer le refus que je fis en 1866 de l'accepter comme second de la *Fusée*, en considération de la fâcheuse réputation dont il jouissait déjà à cette époque.

(13) Vraiment c'est à se demander si l'homme qui a écrit de telles insanités avait la tête à lui, et les journaux qui ont mis tant d'empressement à les reproduire, étaient bien affamés de scandale, pour ouvrir leurs colonnes à de pareilles élucubrations. Mais c'était un moyen d'ameuter les démagogues contre l'amiral Fourichon, que les gambettistes purs trouvaient gênant dans la Délégation, et qu'à tout prix ils en voulaient faire sortir. Ils se souciaient bien de la *Reine-Blanche* et de M. Mercereau !

(14) Ceci est un échantillon des aménités de langage propres à cet apôtre de la modération qui me traite d'énergumène. Il est permis de penser que le nombre est petit de ceux qui ont pu le pousser dans la triste voie qu'il a suivie, et l'on est heureux de penser que quelques-uns l'ont bien vite regretté.

» Je vous prie, Monsieur, je vous prie instamment
» de publier ma lettre ; il faut que la lumière se fasse ;
» je ne suis qu'un officier subalterne, mais je ne veux
» pas accepter la situation qui m'est faite ; c'est mon
» droit, c'est mon devoir de lutter jusqu'au bout.

» J'en appelle de la flétrissure imméritée que l'on
» m'inflige si légèrement ; car c'est flétrir un officier
» que lui retirer son emploi pendant la guerre [15].

» J'affirme de nouveau sur l'honneur, sans crainte
» d'être démenti en face par personne, tous les faits
» que j'ai signalés.

» J'en sais d'autres encore, mais je les garde pour un
» débat public.

» Pas un seul officier de la *Reine-Blanche* qui n'ait
» dit plusieurs fois : Le commandant mériterait de
» passer conseil. Pas un qui n'affirme les faits attestés
» par moi, si on le met en demeure [16].

» Veuillez agréer, etc.

» HENRY MERCEREAU,
» Lieutenant de Vaisseau. »

---

(15) La véritable flétrissure, que ne feront point disparaître les témoignages de satisfaction de M. Gambetta, c'est d'avoir, par haine et vengeance personnelle, joué le rôle de délateur, d'avoir cherché à attaquer l'honneur d'officiers respectables, et d'avoir livré la marine aux injures de toute la presse démagogique.

(16) A cet appel public, plusieurs officiers de la *Reine-Blanche* ont répondu par des protestations contre la conduite de M. Mercereau ;

Quand au mois de Juin dernier, je fus informé officiellement que le ministère ne donnerait pas suite à la demande d'enquête que j'avais déposée en Février et reproduite une seconde fois en Mai, je fis imprimer une brochure destinée à faire connaître les démarches auxquelles je me suis livré et l'insuccès dont elles ont été couronnées. Quelques amis m'ayant reproché d'y manquer à la discipline, en discutant la décision du ministre, j'en ai arrêté la distribution, et dans celle-ci je m'abstiens de toute appréciation.

Aujourd'hui, le commandant Tricault a succombé à une maladie de cœur, et le chagrin que lui a causé toute cette triste affaire de la *Reine-Blanche* n'a pas peu contribué à abréger les jours de l'excellent homme, que j'ai connu plein de vigueur et de santé, il y a moins d'un an. Les événements que nous venons de traverser ont une telle gravité, les mutations sont si fréquentes dans notre corps que, dans quelques années, on aurait oublié ce qui s'est passé en Novembre 1870,

quelques-uns même les ont écrites et déposées entre les mains du commandant Tricault. Il est évident que la vie du bord ne sera plus tenable s'il n'est pas possible, dans l'intimité, de laisser échapper une parole, dictée le plus souvent par l'ennui ou la mauvaise humeur, mais que l'on serait désolé de voir sortir de l'enceinte du carré, sans s'exposer à être mis en demeure, quelque jour, d'avoir à la répéter, sous serment, devant un tribunal ou un conseil d'enquête.

et M. Mercereau pourrait porter la tête haute ; cela serait fâcheux à tous égards. Il faut que l'officier qui a commis une action aussi méprisable en porte le châtiment ; s'il ne quitte pas la marine, ce qu'il devrait avoir déjà fait, il faut que, partout où il servira, le souvenir de cette infamie le suive. C'est le but que je me propose d'atteindre en répandant cette brochure et en en conservant un nombre d'exemplaires suffisant pour pouvoir en adresser, plus tard, aux officiers qui auront la mauvaise chance d'avoir M. Mercereau sous leurs ordres.

Brest, août 1871.

E. HARDY.

APPENDICE

NÉCROLOGIE

EXTRAIT DU MONITEUR UNIVERSEL

DIMANCHE 6 AOUT 1871

Jeudi ont eu lieu, à l'église de la Madeleine, au milieu d'une nombreuse et sympathique assistance, les obsèques de M. le capitaine de vaisseau TRICAULT, membre du Conseil d'amirauté.

M. l'amiral POTHUAU, ministre de la marine, avait voulu, par sa présence à la cérémonie, donner à son ancien frère d'armes de Crimée, un dernier témoignage d'affection et d'estime.

Les coins du poële étaient tenus par les capitaines de vaisseau DUPERRÉ, DE CHAMPEAUX, RIEUNIER et le colonel LACOUR, de l'artillerie de marine. Les honneurs

militaires ont été rendus par un détachement du
90e de ligne et 40 marins sans armes entouraient le
cercueil.

Nous avons remarqué dans l'assistance les amiraux
Jurien de la Gravière, de Chabannes, Mazères,
Rose, Paris, de Lapeyrouse, tous les hauts fonction-
naires de la marine et les officiers des divers corps
présents à Paris.

Le deuil était conduit par M. Laloy, capitaine du
génie, neveu du commandant Tricault, MM. de
Prémonville, de Kerveguen et de Trévise, ses pa-
rents, et Pépin-Lehalleur, l'un de ses plus anciens
amis.

Au cimetière Montmartre, après les prières ordi-
naires, M. le capitaine de vaisseau Pigeard, directeur
des mouvements de la flotte au ministère de la marine,
a d'une voix émue rappelé en quelques paroles la
carrière si bien remplie du commandant Tricault.

Voici comment s'est exprimé M. Pigeard :

MESSIEURS,

Nous venons de rendre le dernier devoir à un frère
d'armes que nous aimions et respections tous, dont la
carrière restera un exemple d'honneur, et qui s'est
éteint à l'heure où notre chère patrie a tant besoin de
cœurs dévoués.

Le Ministre de la Marine, qui tout à l'heure était à notre tête dans ce cortége de deuil, m'a chargé de dire, au nom de la marine et au sien, un suprême adieu à celui qui fut son ami et son compagnon d'armes ; mission douloureuse ! mais qui porte avec elle des consolations, quand l'adieu s'adresse à un homme de bien.

La vie de TRICAULT vous est connue : Sorti des premiers de l'École navale, en 1836, il débute par la campagne de l'*Artémise* autour du monde. Aussitôt officier, il sert dans l'escadre d'évolutions, et les branches multiples de l'art naval deviennent successivement l'objet de ses consciencieuses études. La guerre contre la Russie le trouve lieutenant de vaisseau sur un des bâtiments de la flotte de la Mer Noire, entouré de la réputation légitime d'un officier complet et de l'affection sincère de tous ses collègues. C'est ici, Messieurs, que TRICAULT commence à tenir, d'une manière brillante, les promesses de son passé : Détaché au siége de Sébastopol, il y devient promptement un des instruments les plus actifs et les plus intelligents du corps de débarquement de la marine.

Il se distingue entre tous, écrivait l'amiral RIGAULT DE GENOUILLY, par son calme devant l'ennemi ; son sang-froid et son habileté nous ont valu les plus honorables succès.

TRICAULT revint de cette campagne capitaine de frégate et officier de la Légion d'honneur. Après quelques instants de repos, qu'il consacre à l'étude et à d'intéressantes publications, il part avec le *Du Chayla* pour les mers de Chine et assiste, le 23 juin 1859, aux côtés de l'amiral anglais, SIR JAMES HOPE, à l'attaque des forts du Peï-ho. A cette occasion le chef de notre division navale écrit au ministre :

« Le Commandant TRICAULT est grièvement blessé ; il s'est couvert de gloire et a conquis par sa vigueur et sa bravoure l'admiration du corps expéditionnaire anglais tout entier. »

Nommé Capitaine de vaisseau et bientôt après commandeur de la Légion d'honneur, il commande successivement et presque sans interruption la division navale de l'Afrique orientale et celle du littoral nord. Il occupait cette dernière position quand éclata la guerre de 1870. Son commandement fut alors supprimé, et TRICAULT, dont toute l'ambition était d'aller avec nos marins partager les périls de la défense de Paris, dut se résigner à commander un bâtiment de blocus. Rôle ingrat en face d'un ennemi insaisissable sur mer, et qui fut, pour notre ami, semé d'amertumes !

Accablé par les maux de la patrie, éprouvant comme un remords de ne pouvoir combattre efficacement pour elle, cet homme de courage vécut, toute la guerre, une vie d'angoisse ; et la paix qui promettait de fermer nos blessures agrandit encore ses douleurs. Les germes du mal, dont il était probablement atteint déjà, firent, sous ces influences, des progrès sérieux, et bientôt tout espoir de le conserver nous fut ravi.

Telles ont été, Messieurs, les principales phases de cette carrière dévouée et utile, dans laquelle les vertus de l'homme privé restèrent toujours à la hauteur des mérites de l'homme public. TRICAULT eut les vraies noblesses du cœur : il était modeste et bon, juste et paternel pour ses inférieurs, serviable pour tous ; il aimait le bien avec la passion d'un honnête homme.

Inclinons - nous, Messieurs, devant la puissante volonté qui l'appelle vers un monde meilleur, et rendons à sa mémoire un hommage digne de lui : soyons ses émules !

Adieu, bien cher ami !

Brest. — Imp. J. B. Lefournier aîné, Grande Rue, 85.